Bh.

TIGRANE,

TRAGEDIE LATINE,

SERA REPRESENTE'E

PAR LES ECOLIERS

DE SECONDE

DU COLLEGE

DE LOUIS LE GRAND

Le Samedy vingt-sept de Mars 1734,
à deux heures après midy.

A PARIS,

De l'Imprimerie de C. L. THIBOUST, Place
Cambray, à la Renommée.

M. DCC. XXXIV.

SUJET
DE LA TRAGEDIE LATINE.

*A*PRE'S *la mort de Mithridate, que Pompée avoit vive-*
ment poursuivi, le jeune Tigrane révolté contre son Pere,
livra l'Armenie au General Romain. Le vieux Tigrane informé
de la trahison de son Fils, se vint jetter aux pieds de Pompée,
qui le releva, luy parla avec bonté, & le remit sur le Thrône.
Puis l'ayant réconcilié avec son Fils, il donna à celuy-cy la So-
phêne pour récompense de son service. Le jeune Tigrane, qui
s'attendoit à quelque chose de plus, fit éclater son mécontentement:
Surquoy Pompée le fit charger de Fers, & le réserva pour son
triomphe.

Plutarque dans la Vie de Pompée.

PERSONNAGES ET NOMS DES ACTEURS.

TIGRANE, Roy d'Armenie,
   Thomas de la Gonfrere,   *de Rennes.*
TIGRANE, Fils aîné du Roy,
   Jean-Baptiste de Valcour,   *de Paris.*
ARTABASE, second Fils du Roy,
   Nicolas de Malezieu,   *de Rheims.*
POMPE'E, Proconsul en Asie,
   Joseph-Baltasar de Gascq,   *de Bourdeaux.*
Q. METELLUS CELER, un des Lieutenans Generaux de
     Pompée,
   Jean-Baptiste de la Grange,   *des Isles.*
ARSAME, Confident du jeune Tigrane,
   Thomas de la Grange,   *de Mande.*
HYDASPE, General des Armées du Roy,
   Louis de Ravanne,   *de Paris.*

La Scene est à Artaxate dans le Palais du Roy.

DIRA LE PROLOGUE.

NICOLAS DE MALEZIEU,   *de Rheims.*

ACTE PREMIER.

ARSAME irrité contre Tigrane le Pere, parce qu'Hydaspe a été elevé à un poste auquel Arsame prétendoit, met tout en usage pour exciter l'ambition & la jalousie du jeune Tigrane son eleve, par la prédilection que le Roy semble avoir pour son Cadet. Ce Prince qui a encore un reste de vertu, se défend, quoique foiblement. Arsame le quitte pour aller disposer l'Armée à la trahison. Tandis que Tigrane demeuré seul est combattu de remords, Artabase son frere vient l'animer contre les Romains, dont l'Armée vient fondre sur Artaxate. Icy Tigrane le Pere paroît, & après avoir écarté ses deux Fils, il consulte Arsame & Hydaspe sur le parti qu'il doit prendre dans les circonstances presentes. La dessus arrive Q. Metellus qui propose au Roy une Conférence de la part de Pompée. Tigrane accepte la Conférence, & donne son second Fils pour ôtage.

ACTE II.

TIGRANE le Pere veut faire la paix à quelque prix que ce soit. Arsame qui a interêt qu'on livre la Bataille, y porte le Roy de toutes ses forces. Pompée confére avec Tigrane, & luy propose une condition que ce Prince ne peut accepter. La conférence rompuë, Arsame & Hydaspe paroissent. Le premier triomphe d'apprendre qu'on va combattre. Il sort sous prétexte d'annoncer à l'Armée cette nouvelle. Artabase retourné du Camp Romain, fait voir un grand empressement pour le combat. Arsame revient pour assurer le Roy de l'ardeur de ses Troupes. Ce Prince s'en va au Camp avec Artabase & Hydaspe. Arsame resté seul, s'applaudit du bon succès de son entreprise, lorsque le jeune Tigrane survient tout-à-coup, & luy déclare qu'il ne peut se résoudre à trahir son Pere. Arsame l'encourage, le presse, & le fait enfin consentir au crime.

ACTE III.

LA Bataille a été donnée ; Hydaspe y a été tué ; les Portes de la Ville ont été ouvertes aux Romains. Arsame félicite le jeune Tigrane du succès de sa jalouse ambition, mais il ne peut calmer ses remords. Artabase & Tigrane le Pere, qu'on a mis dans les Fers, & qu'on emméne l'un après l'autre, reprochent aux deux Traîtres leur noir attentat. Pompée arrive avec Metellus. Arsame fait valoir au Proconsul les services du jeune Tigrane. Le Pere éclate contre Pompée, qui se justifie par les effets en le remettant sur le Thrône. Puis il le réconcilie avec son Fils aîné, à qui il donne le gouvernement de la Sophêne. Celuy-cy à l'instigation d'Arsame, que Metellus livre aux fidéles Sujets du Roy, témoigne son mécontentement. Pompée le veut faire enchaîner, & réserver pour son triomphe ; il transporte à son Frere le droit de succession. Metellus vient annoncer la mort d'Arsame, qui en mourant a proferé quelques mots qui diminuent le crime du Prince coupable. Cela facilite son pardon que Pompée accorde aux prieres du Roy & de son second Fils. Mais le Proconsul persiste à l'exclure du droit de succession, & ne luy laisse en partage que la Sophêne, qu'il se trouve trop heureux d'avoir, après le danger dont il vient d'être menacé.

ISAC,

TRAGEDIE FRANÇOISE,

MISE EN MUSIQUE

PAR MONSIEUR

DE LA CHAPELLE,

SERVIRA D'INTERMEDES

A LA TRAGEDIE LATINE.

CETTE *seconde Piece, dont le sujet est tiré du vingt-deuxiéme Livre de la Genese, fait avec la premiere un contraste bien capable d'instruire les jeunes Gens, & de leur apprendre combien ils doivent honorer ceux qui leur ont donné le jour. L'une nous represente un Fils révolté contre son Pere, mais dont la punition suit de près la révolte. L'autre nous fait voir un Fils soumis, & dont la soumission est récompensée des plus magnifiques promesses.*

ACTEURS DU PROLOGUE.

L'ANGE EXTERMINATEUR,
SUITE DE L'ANGE EXTERMINATEUR,
TROUPE DU PEUPLE FIDELE,

ACTEURS DE LA TRAGEDIE.

ABRAHAM,
ISAC,
ISMAEL,
UN SACRIFICATEUR D'ASTARTE, *
TROUPE DE PRESTRES D'ASTARTE.
TROUPE DE BERGERS.
TROUPE DE CHASSEURS.

* Astarte étoit une Déesse adorée en Arabie, où Ismaël, dit l'Historien Josephe, se retira après avoir été chassé de la maison d'Abraham ; & où il fonda le Royaume des Ismaëlites, qu'on appella depuis Sarrazins.

A iij

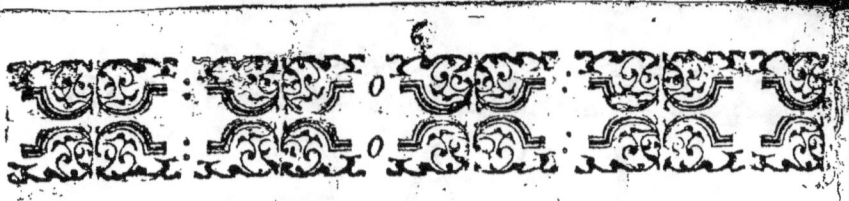

PROLOGUE

DE LA TRAGEDIE D'ISAC.

SCENE PREMIERE.

Troupe du Peuple fidéle

Trois du Peuple.

DOUX repos, aimable paix,
Ne vous reverrons-nous jamais !

Un du Peuple.

As-tu fait avec nous un éternel divorce
Grand Dieu ! pousserons-nous toujours de vains soupirs !
A te fléchir tout ton Peuple s'efforce,
Accorde-luy l'objet de ses desirs.

Deux du Peuple.

Que le Ciel réponde
A nos empressemens !
Qu'il donne à nos gémissemens
Le desiré du Monde !

Un du Peuple.

Long-temps battus de tes fléaux
Nos Peres ont senti ta haine.
Ils ont péché, nous en portons la peine ?
Les uns sont péris sous les eaux ;
Le feu, la famine & la peste
Ont consumé le reste.

Trois du Peuple.

Languirons-nous sans cesse en butte à tant de maux ?
(On entend une symphonie très-vive.)

Un du Peuple.

Mais que vois-je ? le Ciel se trouble . . .
Mille feux . . . mille traits éparts
M'environnent de toutes parts.
Fuyons, la tempête redouble.

SCENE SECONDE.

L'Ange Exterminateur & sa suite.

(Symphonie pour la descente de l'Ange.)

L'Ange.

POUR punir les forfaits des coupables humains
L'Eternel a remis sa vengeance en mès mains.
Esprits qui roulés le Tonnerre,
Venés, rassemblés dans les airs
La foudre & les éclairs.
Aux rebelles mortels rendés guerre pour guerre.
Frapés, ébranlés l'Univers,
Faites monter sur la Terre
Tout le feu qui brûle aux Enfers.

CHOEUR.

Frappons, faisons monter &c.

L'Ange.

Mon bras vient d'abîmer cinq Villes criminelles.
J'ay fait pleuvoir le souffre & la flamme sur elles.
Non, ce n'est pas assez pour calmer ton couroux.
Grand Dieu ! craignés, Mortels, encor de plus grands coups,
C'est peu d'avoir noyé dans l'onde
Tous les crimes du monde,
Que d'un feu dévorant le déluge nouveau
Succéde au déluge de l'eau !
Et vous qui souflés la tempête
Obéissés à ma voix :
Des plus fiers Potentats n'épargnés point la tête.
Détruisés, moissonnés sans choix,
Les Peuples & les Rois.

CHOEUR de la suite de l'Ange.

Détruisons, moissonnons, &c.

L'Ange.

Eprouvés les malheurs que ma main vous aprête :

Du Dieu que nous vangeons reconnoissés les droits :
Craignés-le en périssant ! . . . mais , ô Ciel ! qui m'arrête ?
   Je sens expirer ma fureur.
   Déja l'Auteur de la Nature
   Luy destine un Libérateur :
   Isac en a pris la figure ,
Il va sur son buché calmer le Dieu vangeur.
   Reposés-vous fatale épée
Dans le sang des Mortels si justement trempée !
   Les temps du couroux sont cessés :
   Foudres , éclairs , disparessés.
   Au Dieu qui pour vous s'intéresse
Venés , Peuple , chantés des Cantiques nouveaux ,
   Le souvenir de vos maux ,
   Doit faire place à la tendresse.

SCENE TROISIE'ME.

L'Ange & le Peuple fidéle.

CHOEUR du Peuple.

Au Dieu qui pour nous s'intéresse ,
Chantons des Cantiques nouveaux ,
Le souvenir de nos maux
Doit faire place à la tendresse.

Un du Peuple.

Le Déluge & ses horreurs
Ont assés prouvé sa puissance.
Le retour de sa clémence
Va mettre fin à nos malheurs.

Un du Peuple.

La paix & l'innocence
Seront bien-tôt de rétour.
Attendons cet heureux jour ,
Demandons-le avec instance.
Dieu fait cesser sa vangeance
Pour réveiller nôtre amour.

Deux du Peuple.

Nous ne craindrons plus la rage
Des plus cruels Animaux.

Un du Peuple.

Les Loups avec les Agneaux
Tous sur le même rivage
Boiront aux mêmes ruisseaux.

Deux du Peuple.

Nous ne craindrons &c.

Un du Peuple.

Dans un commun pâturage
Les Lions & les Taureaux
Désaprendront le carnage.

Deux du Peuple.

Nous ne craindrons plus la rage
Des plus cruels Animaux.

L'Ange.

Rendés des graces éternelles
A l'Auteur de tant de bienfaits.

Chœur du Peuple.

Rendons des graces éternelles
A l'Auteur de tant de bienfaits.

L'Ange.

Fuyés d'icy guerres cruelles !

Trois du Peuple.

Charmantes douceurs de la Paix,
Ne nous abandonnés jamais.

Grand Chœur.

Rendons des graces éternelles
A l'Auteur de tant de bienfaits,
Fuyés d'icy guerres cruelles !

Petit Chœur.

Charmantes douceurs de la Paix,
Ne nous abandonnés jamais.

Grand Chœur.

Charmantes douceurs de la Paix, &c.

Fin du PROLOGUE.

ISAC.
ACTE PREMIER.
SCENE PREMIERE.

ISMAEL seul.

ISMAEL, quel malheur te poursuit en tous lieux ?
      Proscrit par un arrêt sévére,
Errant dans ces déserts, à moy-même odieux,
N'oubliray-je jamais la maison de mon Pere ?
Faut-il que mon exil, faut-il que sa colére,
      Soient toujours présens à mes yeux ?

Ismaël, quel malheur te poursuit en tous lieux ?

      Ciel ! dont le coup me désespére,
      Par quel crime ai-je merité
D'être exclus pour jamais du Destin si vanté
      Qui promet au sang de mon frere.
      Une heureuse postérité ?

      Si le Dieu qu'Isac révére,
      S'obstine à me persécuter,
J'abandonne à mon tour le Dieu qui me préféra
Un jeune ambitieux qui put me supplanter.

      Astarte, aimable Déesse,
      Toy qu'on adore dans ces bois,
      Reçois mes vœux & ma tendresse,
Je confie à tes soins ma vangeance & mes droits ?

      (Ici on entend une Symphonie grave.)

Qu'entens-je ? ... En ces Forêts quelle voix étrangére ?
Ai-je bien entendu ? ... C'est celle de mon Pere ...
Mais que dis-je ? Insensé ... quel trouble me séduit ?
Cherchons pour me cacher un plus sombre réduit.

SCENE SECONDE.

ABRAHAM, ISAC.

ABRAHAM.

ARRETONS-NOUS, mon Fils. La Montagne sacrée,
  Où par l'ordre de l'Eternel
  Je dois ériger un Autel
Présente à nos regards sa cime révérée :
Puisse-t'il favorable accepter nos présens,
Et pour tout holocauste agréer notre encens ?

ISAC.

  En de sanglantes victimes
  Le Ciel trouve des appas,
  Et pour effacer des crimes
  De l'encens ne suffit pas.

  Le sang dans un sacrifice
  Apaise le Dieu vangeur,
  Pour nous le rendre propice
  Le plus pur est le meilleur.

ABRAHAM.

  Le Ciel à tes desirs conforme
Me demande du sang . . . Oui, j'en verray couler !
(A part.) Helas ! quel sang encor ? Quel sacrifice énorme ?
Heureux si je pouvois moy-même m'immoler !

ISAC.

  Un Agneau paisible & tendre
  Calme le Ciel par sa mort,
  Son sang qu'on a sçu répandre
  Sur Dieu même fait effort.

  Par une légére offrande,
  L'Eternel qui voit le cœur
  Laisse adoucir sa fureur,
  Donnons-luy ce qu'il demande.

ABRAHAM.

Ce qu'il demande . . . helas ! . . . Dieu qu'adore mon Fils,
Que n'est-ce assés pour toy d'un cœur humble & soumis !

ABRAHAM & ISAC.

Signalons notre obéissance,
Offrons à l'Eternel les dons les plus parfaits,
Réglons notre reconnoissance
Sur le nombre de ses bienfaits.

ABRAHAM.

Soit grace, soit récompense,
Soit l'une & l'autre tour à tour,
Le Seigneur en mes mains fait croître l'opulence,

Sa justice & son amour
Toûjours en ma faveur furent d'intelligence,
Soit grace, soit récompense,
Soit l'une & l'autre tour à tour.

ISAC.

Un regne fortuné, des grandeurs, des richesses,
Dans moy furent promis à nos derniers neveux;
Espérons en ses promesses,
Le Ciel sçaura nous rendre heureux.

ABRAHAM.

Ne nous repaissons point d'une vaine apparence:
Favorable autrefois le Ciel a pû changer.
Il cesse de me protéger:
Peut-être j'abusay de son trop d'indulgence,
Par une ingrate indifférence
J'ay fatigué sa patience,
Peut-être il cherche à se vanger.

ISAC.

Non, mon cœur ne peut se deffendre
De conserver l'espoir qu'il a formé,
C'est un Dieu qui l'a confirmé:
Sa parole est donnée il ne peut la reprendre.
Non, mon cœur ne peut se deffendre
De conserver l'espoir qu'il a formé,

ABRAHAM & ISAC.

Espérons tout de ta clémence
Grand Dieu! respectons tes Arrêts.
Et si tu changeois tes Décrets
Espérons contre l'espérance.

(Icy on entend une marche de Bergers.)

ISAC.

Un bruit annonce la préfence
Des Habitans de ces Déferts.

ABRAHAM.

Fuyons......

ISAC.

Permettés-moy d'entendre leurs Concerts....
Mais cachons-nous, je vois leur Troupe qui s'avance.

SCENE TROISIE'ME.

ISAC caché. TROUPE DE BERGERS.

UN BERGER.

APRE'S de longs regrets
Choififfons un nouveau Maître,
Ne donnons à nos Forêts
Que le plus digne de l'être.

CHOEUR.

Après de longs, &c.

SYMPHONIE.

I. Air.

Parmi nous la Royauté
N'eft pas un préfent funefte ?
Jamais on ne la détefte
Après en avoir goûté.
Parmi nous la Royauté
N'eft pas un préfent funefte.

SYMPHONIE.

II. Air.

Nos Rois bornent leurs honneurs
A régner dans une fête,
Leur plus brillante conquête
Eft celle de tous les cœurs.
Nos Rois bornent leurs honneurs
A régner dans une fête.

UN BERGER.

À l'ombre d'un hêtre
Dans ce beau séjour,
Sur un lit champêtre
Le Roy tient sa cour :
Chacun tour à tour
Vient l'y reconnoître.
Le tribut qu'il exige en maître,
C'est le tribut de notre amour.
Sous un vert feuillâge,
Un charmant ombrage
Couvre son front respecté.
Sa simplicité
Nous plaît davantage
Que l'apareil d'un éclat emprunté.

L'exacte équité
Fait tout son partage,
Jamais sa fierté
Ne nous décourage,
La sincérité
Regne en son langage,
Il n'achette les noms ou de Grand, ou de Sage,
Que par mille traits de bonté.

TROIS BERGERS ensemble.

Que les Tambours & les Trompettes
De ces lieux fortunés soient bannis pour jamais !
Ces belles retraites
N'ont été faites
Que pour servir de séjour à la paix.

UN BERGER.

Bergers, c'est le Ciel qui m'inspire,
Soyés attentifs à ma voix.

Pour remplacer nos derniers Rois,
Au sang d'un étranger il attache l'Empire,
Obéissés à ses loix !

Ismaël d'un Héros a pris son origine.
A régir nos Forêts Astarte le destine.
Celebrés son nom glorieux,
Qu'il regne à jamais dans ces lieux ?

CHOEUR.

Célebrons son nom, &c.

SCENE QUATRIE'ME.

ISAC aux BERGERS.

Qv'ay-je entendu ? Quel nom venés-vous de m'aprendre ?
Ismaël parmi vous fugitif, égaré,
Vit loin d'un frere toujours tendre,
Auſſitôt malheureux qu'il en fut ſéparé.

Courons, allons chercher mon pere.
Ismaël avec moy partagea ſon amour ;
Qu'Abraham retrouve en ce jour,
Vn fils, quand je retrouve un frere.

Fin du premier Acte.

ACTE II.

SCENE PREMIERE.

ABRAHAM, ISAC.
ABRAHAM.

Ciel ! que m'aprenés-vous ? Mon fils, dois-je vous croire ?
L'objet de mon premier amour,
Ismaël ſi longtemps errant, privé de gloire,
Vit parmi les Bergers de cet heureux ſéjour ?

ISAC.

Il y vit glorieux, ſon bonheur le couronne.
Tous les Bergers, d'une commune voix,
Vont luy confirmer par leur choix
Le rang que ſa vertu luy donne.
Mais helas ! à quel prix doit-il regner ſur eux ?
Je ſens s'allarmer ma tendreſſe.
Le verray-je en ce jour quitter le Dieu des Dieux
Pour encenſer une infame Déeſſe,
Que le peuple adore en ces lieux ?

ABRAHAM & ISAC.

Dieu qui de l'amour le plus tendre,
Vois brûler pour toi nos cœurs,
Touché du sang que nous allons répandre
Garantis Ismaël du plus grand des malheurs!

ISAC.

Mais bientôt en ces lieux lui-même va se rendre.
De votre amour qu'il goûte ici seul les douceurs!

(Isac se retire.)

SCENE SECONDE.

ABRAHAM seul.

Trop sûrs garants de ma foiblesse,
Coulés mes pleurs, coulés en liberté!

Deux fils partageoient ma tendresse.
L'un, par l'ordre du Ciel, banni, persécuté,
Après un long exil à mes yeux présenté,
Ne mêle à mes soupirs qu'un moment d'allegresse:
L'autre, éloignant l'espoir dont je m'étois flaté,
Du Seigneur par sa mort obscurcit la promesse.
Trop sûrs garants de ma foiblesse,
Coulés mes pleurs, coulés en liberté!

Peut-être qu'Ismaël, objet de ta colére,
Ciel! par un autre Arrêt vient s'offrir à mon bras,
Et prendre sur l'Autel la place de son frere:
Isac ne mourra point! Mais qu'ay-je dit? helas!
La victime m'est toujours chér:

J'entends de mon amour la gémissante voix
Condamner l'un & l'autre choix.

Helas! contre mon espérance,
Que ne peuvent-ils à la fois
Des promesses du Ciel éprouver l'assurance!

Mais j'apperçois Ismaël qui s'avance.

SCENE TROISIE'ME.

ABRAHAM, ISMAEL,

ABRAHAM.

O Mon Fils ! . . . . .

ISMAEL.

O mon Pere ! . . . .

ABRAHAM & ISMAEL.

Est-ce vous que je voi ?
Puis-je espérer de retrouver encore
Le même amour que vous senties pour moi ?

ABRAHAM.

ISMAEL.

O mon Fils !

O mon Pere ! . . . .

ABRAHAM & ISMAEL.

Est-ce vous que je voi ?
Je sens s'évanouïr l'ennui qui me dévore ,
Par le plaisir que je réçoi.

ABRAHAM.

ISMAEL.

O mon Fils !

O mon Pere !

ABRAHAM & ISMAEL.

Est-ce vous que je voi ?

ISMAEL.

Puis-je apprendre de vous quel dessein vous ameine
En ces lieux écartés , où loin de votre amour,
Après une course incertaine ,
J'ay fixé mon triste séjour ?

ABRAHAM.

Hélas ! . . . .

ISMAEL.

Vous soupirés ? De mortelles allarmes
Viennent s'emparer de mon cœur.

B

Quoy ? dans un jour pour moy si rempli de douceur
    Faut-il vous voir verser des larmes ?
Et lorsque l'Eternel rend mon destin meilleur,
Pourriés-vous en secret m'en envier les charmes ?

ABRAHAM.

Oui, mon Fils, le Destin plus doux
Cesse de vous être contraire.
Vous verrés bien-tôt votre Pere
Chercher un autre Isac en vous.

ISMAEL.

Qu'entens-je ? . . . . Aprenés-moy.

ABRAHAM.

Non, non, je dois me taire.

L'ombre qui suit
Le jour qui nous luit
Va bien-tôt nous cacher l'Astre qui nous éclaire :
Que ne peut-elle, helas ! d'une éternelle nuit
    Couvrir pour jamais ma paupiere !
Mais si-tôt que le Ciel nous rendra la lumiere
    De mes secrets vous serés mieux instruit.

ISMAEL.

O Ciel ! quel est donc ce mistere,
Et quel doit être mon espoir ?
Vous ne m'apprenés rien du destin de mon frere.

ABRAHAM.

Il a suivi mes pas, vos yeux pourront le voir.

Je vous laisse, mon Fils. Refusés la couronne
Qu'ose vous présenter un Peuple séducteur.
    Adieu, c'est moi qui vous l'ordonne,
A ce prix seulement je vous rends ma faveur.

SCENE QUATRIE'ME.

ISMAEL seul.

OV suis-je ? . . . . Qu'ai-je apris ? . . . Que dois-je encore aprendre ?
Quelle confusion s'empare de mes sens ?
Du nouveau discours que j'entens,
Ciel ! que m'est-il permis d'attendre !

O nuit ! qui du Soleil nous caches la splendeur
En bornant sa course ordinaire,
Ton ombre cause moins d'horreur,
Que les paroles de mon Pere
N'en ont répandu dans mon cœur.

Si je l'en crois, le sort qui m'environne
Va se changer en des destins meilleurs.
Cependant il verse des pleurs,
Et me deffend d'accepter la Couronne.

O nuit ! qui du Soleil nous caches la splendeur
En bornant sa course ordinaire,
Ton ombre cause moins d'horreur,
Que les paroles de mon Pere
N'en ont répandu dans mon cœur.

[On entend une Symphonie Champêtre.]

On vient . . De nos Bergers la troupe qui s'avance
Remplit l'air de Concerts charmants ?
Dérobons-nous à leurs empressemens.
Feignons de refuser la suprême Puissance,
Du moins pour quelques moments.

Ménageons avec adresse
La Fortune & ses bienfaits,
Souvent elle ne caresse
Que pour percer de ses traits.

SCENE CINQUIE'ME.

TROUPE DE BERGERS.

SYMPHONIE.

UN BERGER.

Accourés, acourés, venés ceindre la tête
　　Du Roi qu'on donne à nos Forêts.
Célébrés ce grand jour par une auguste fête ;
　　Qu'il régne, qu'il vive à jamais !

CHOEUR.

Célébrons ce grand jour par, &c.

UN BERGER.

Doux Rossignol, en ton langage,
Prens part à nos jeux innocens !
　　Bannis de ton ramage
Les accents douloureux, les soupirs languissants !
Ne fais entendre en ce bocage
Que tes sons les plus gracieux :
Viens par-là donner ton suffrage
Au Roi qu'on choisit pour ces lieux !

DEUX BERGERS.

　　Que l'air retentisse
　　De nos chants nouveaux !
　　Que le bruit des eaux
　　Avec nous s'unisse
　　Au chant des oiseaux !
　　Que l'écho réponde
　　Sans cesse à nos voix !
　　Il n'est point au monde
　　De plus heureux choix.

CHOEUR.

Que l'écho réponde, &c.

DEUX BERGERS.

Roy par l'ordre des Dieux, sans le secours des armes,
Généreux Ismaël que votre sort est doux !

Si la Couronne a des charmes,
Elle en doit avoir pour vous.

Loin du péril & des alarmes
Vous vivrés paisible avec nous !
Si la Couronne a des charmes,
Elle en doit avoir pour vous.

TROIS BERGERS.

D'un régne glorieux consacrons les prémices,
Courons à la Déesse offrir des sacrifices.
Que le Roy qu'elle a destiné
Soit notre amour & nos délices !
Qu'il soit à jamais fortuné !

[On répéte le duo cy-dessus.]

Que l'air retentisse, &c.

CHOEUR.

Que l'écho réponde, &c.

Fin du second Acte.

TROISIE'ME ACTE.

SCENE PREMIERE.

ABRAHAM seul, paroît endormi. Une Symphonie douce exprime son sommeil, & un mouvement vif le réveille.

ABRAHAM.

NON, *mon cœur ne peut s'y résoudre,*
On en exige un trop cruel effort.

Mon Fils de mes vieux jours la gloire, le support,
Non, tu ne mourras point ! .. Que le Ciel de sa foudre
Me réduise plutôt en poudre !
Mon bras se refuse à ta mort.

Non, mon cœur ne peut s'y résoudre,
On en exige un trop cruel effort.

Téméraire ! ... où t'emporte un aveugle transport ?

B iij

Toi qui vois de mes sens les révoltes secrettes,
Dieu ! tu sçais que mon cœur te fut toujours soumis !
Pardonne à ma douleur des plaintes indiscrettes !
Quoi qu'il m'en coûte, hélas ! tu le veux : j'obéis.
O Ciel ! sois satisfait de mon obéissance !

SCENE SECONDE.

ABRAHAM, ISMAEL.

ISMAEL.

SI j'ose prévenir à vos yeux le Soleil,
Pardonnés à mon imprudence.
Ma curieuse impatience
A précipité mon réveil.

ABRAHAM.

Non, je ne puis plus m'en deffendre,
Connois, mon Fils, l'excès de mon malheur.
Isac ce cher objet de l'amour le plus tendre,
Isac va devenir l'objet de ma douleur.

ISMAEL.

Quelque péril qui le menace
Je sçauray le partager.
Si je ne puis l'en dégager
Je sçauray mourir à sa place.

ABRAHAM.

Non, non, tous les efforts humains
S'opposeroient en vain au sort qu'on lui prépare.
C'est par l'ordre du Ciel que devenu barbare
Moi-même dans son sang je dois tremper mes mains.

ISMAEL.

C'est par l'ordre du Ciel ! Qu'ai-je entendu ? mon Pere
Pour prix d'un long attachement
Se verra-t'il à tout moment
En butte aux traits de sa colére ?

ABRAHAM.

L'Arrest est prononcé, j'en seray l'instrument

ISMAEL.

Quoy, le Ciel veut sa mort, & qu'un Pere l'immole ?
Ah ! contre Isac & contre moi,
Vous révérés sa parole
Toujours soumis à sa Loy !
Mais son ordre est aussi frivole
Que ses promesses sont sans foy.

ABRAHAM.

Arrête, téméraire, un discours qui m'outrage !
Ingrat ! . . . le Dieu dont tu te plains
Peut bien-tôt remettre en tes mains,
D'un Frere infortuné la gloire, & l'héritage.

ISMAEL.

Triste objet de ses rebuts
Mon cœur ne s'y fira plus.
D'une gloire illégitime
Je renonce à la splendeur,
Et je méprise un bonheur
Qui doit vous coûter un crime.

Mais que vois-je ? Isac vient à nous,
Trop malheureux objet du céleste couroux !

SCENE TROISIE'ME.

ABRAHAM, ISMAEL, ISAC.

Suite d'Isac portant les choses nécessaires à un Sacrifice.

ISAC.

DEja la naissante aurore
colore
Le Ciel de ses premiers feux,
Au Dieu que mon Pere adore
Courons présenter nos vœux.

Lorsqu'il faut le satisfaire
Malheureux qui diffère !
C'est seulement par l'ardeur
Qu'on a de lui plaire
Qu'il sçait estimer un cœur.

ISMAEL.

Isac je vous revoi ?

ISAC.

Ciel ! que votre préfence
Fait renaître en mon cœur de tendres fentimens !

ISAC & ISMAEL.

Séparés depuis l'enfance,
En de doux embraffemens,
Oublions les triftes momens
D'une trop longue abfence.

ISMAEL & ABRAHAM.

Hélas ! . . . .

ISAC.

Vous mêlés des foupirs
A nos communs plaifirs.
Mon Pere de vos yeux je vois couler des larmes.
Témoins du plus fincére amour.
Ah ! que d'un Fils abfent l'inopiné retour
Pour le cœur d'un Pere a de charmes !

ABRAHAM & ISAC.

Allons devançons le Soleil
Pour nous rendre le Ciel propice. . . .

ISAC.

J'ay conduit ici l'appareil
D'un augufte facrifice.

Portons aux pieds de l'Immortel
La vive ardeur qui nous anime . . .
Mais je ne vois point la victime
Qui doit enfanglanter l'Autel ?

ABRAHAM.

Partons, laiffons le refte au foin de l'Eternel.

[Ils veulent fortir, Ifmaël les retient.]

ISMAEL.

Non, je romps un fecret que mon ame détefte,
Mon Frere, on vous menne à l'Autel,
Vous-même . . . . hélas ! . . . fous le bras paternel. . . .
Mes pleurs vous diront mieux le refte.

ABRAHAM à ISMAEL.

Qu'avés-vous dit, mon Fils ?

ISAC.

Ciel ! que viens-je d'entendre ?
Vous ne parlés que par des pleurs.
Quel secret inconnu ! . . . . ne pourrai-je l'apprendre ?

ABRAHAM à ISAC.

Connois l'excès de mes malheurs,
C'est ton sang que le Ciel m'ordonne de répandre.

ISMAEL.

Moi seul je dois calmer le céleste courroux.

ISAC à ABRAHAM.

Non, c'est moi que le Ciel demande,
Laissés-moi lui servir d'offrande.

ISMAEL.

C'est à moi de mourir, qu'Isac vive pour vous.

ABRAHAM , ISAC & ISMAEL.

ABRAH.
ISAC & ISM. } Non, { C'est lui
C'est moi } que le Ciel demande.

ABRAH.
IS. & ISM. } C'est { à lui
à moi } de calmer le céleste courroux.

ISMAEL & ISAC à ABRAHAM.

Laissés-moi lui servir d'offrande,
C'est à moi de mourir, il doit vivre pour vous.

TOUS TROIS.

ABRAH.
ISAC&ISM. } Non, { C'est lui
C'est moi } que le Ciel demande.

ABRAH.
ISAC&ISM. } C'est { à lui
à moi } de calmer le céleste courroux.

ISAC.

Trop heureuse victime !

ISMAEL.

Ah Pere inexorable ! . . .

ISAC.

Seigneur ! puiſſe mon ſang à tes yeux agréable !...

Que vois-je ! l'avenir ſe dévoile à mes yeux !
Ah ! je vois expirer l'Auteur de la Nature !
Arrêtés, inhumains !... c'eſt le Maître des Cieux !
C'eſt le Dieu Rédempteur... & j'en ſuis la figure !
  Ne tardons plus, allons remplir mon ſort.

à ISMAEL.

Iſmaël, conſolés mon Pere de ma mort.
  [Iſac & Abraham ſortent.]

SCENE QUATRIE'ME.

ISMAEL ſeul.

Eclatés mes tranſports ; ceſſés de vous contraindre !

Aſſuré pour jamais d'un deſtin glorieux,
  Je n'ai plus de rival à craindre.
Suivés les mouvemens d'un cœur ambitieux !

Eclatés mes tranſports ! ceſſés de vous contraindre !

  Mon heureuſe poſtérité
  Doit égaler le nombre des étoiles !
Et par-tout où la nuit étend ſes ſombres voiles
De ſon nom glorieux répandre la clarté.

Eclatés mes tranſports, ceſſés de vous contraindre !
  Mais on vient j'ay beſoin de feindre.

SCENE CINQUIE'ME.

ISMAEL, UN SACRIFICATEUR D'ASTARTE.

Troupe de Sacrificateurs, de Bergers, & de Chasseurs.

MARCHE.

LE SACRIFICATEUR D'ASTARTE.

O Vous qu'on adore en ces Bois !
Astarte recevés l'hommage
D'un Peuple soumis à vos Loix !
Que dans ce tranquile bocage,
La Paix toujours notre partage,
Fasse le bonheur de nos Rois !

Le CHOEUR des Sacrificateurs.

Que dans ce tranquile, &c.

ENTRÉE.

[Les Sacrificateurs dressent un Autel.]

UN des Sacrificateurs.

Sur cet Autel champêtre
Prodigués les fruits & les fleurs.
Tous les matins l'aurore en fait renaître,
Ne craignés point d'épuiser ses faveurs.
Sur cet Autel champêtre
Prodigués les fruits & les fleurs.

DEUX BERGERS.

Si sur ces rives fleuries
On danse au son des chalumeaux,
Si nos riantes prairies
Sentent la fraicheur des eaux,
Bergers, disons-le sans cesse,
Astarte aime nos hameaux !
Consacrons à la Déesse
Des honneurs toûjours nouveaux.

Petit CHOEUR de Bergers.

Chantons, répétons sans cesse,
Astarte aime nos hameaux,
Consacrons, &c.

UN CHASSEUR.

C'est Astarte qui préside
Aux plaisirs de nos Forêts,
Quand d'une course rapide
Le cerf franchit les guerêts,
La Déesse qui nous guide
Le ramène sous nos traits.

CHOEUR de Chasseurs.

Aux échos de ces Montagnes
Disons son nom mille fois !
Que le cor & que la voix
En remplisse nos Campagnes !

PASSACAILLE.

UN BERGER.

Nos plaisirs sont doux,
Heureux qui les goûte avec nous !
En dépit de l'envie
Durés long-temps nos beaux jours !
D'une si paisible vie
Que rien ne trouble le cours !

CHOEUR DE CHASSEURS.

Le repos à moins de charmes
Que nos pénibles travaux.

DEUX BERGERS.

Exempts de craintes & d'allarmes
Vous paissés, tendres Agneaux !

DEUX CHASSEURS.

Sans le secours de nos armes
Bien-tôt on les verroit tous
En proye aux fureurs des Loups.

ISMAEL.

C'est assés, écoutons ce que l'on vient nous dire.
J'aperçois un jeune Berger......

SCENE SIXIE'ME, & DERNIERE.

ISMAEL, un BERGER, & les autres ACTEURS.
UN BERGER.

D'ASTARTE méprisés & le Culte & l'Empire.
Un Maître plus puissant doit nous en dégager.
    J'ay vû.....

ISMAEL.

Hâtés-vous de m'instruire ?
LE BERGER.

Sur la Cîme voisine un Héros Etranger
Conduisoit à la mort un Prince magnanime :
L'Autel étoit dressé, l'innocente victime
    Baisoit le Fer qui l'alloit égorger.
A l'instant dans les Airs une voix répanduë
Du Sacrificateur tient la main suspenduë.
Arrête, lui dit-elle, arrête, c'est assés
    Eprouver ton obéissance !
    Ton Fils, pour prix de sa constance,
Joüira du bonheur des Oracles passés.

ISMAEL, en fureur.

Dieu cruel ! mon destin que tu dictas toi-même
    Est de voir tous les bras réunis contre moi !
    Je suivray de mon sort l'impérieuse loy.
A mon tour, dans l'excès de ma fureur extrême,
    Je remplirai tout l'Univers d'effroi.

    Qu'il naisse un vangeur de ma cendre,
Qui, la flâme à la main, d'un frere trop heureux
    Poursuive les derniers neveux !

Qu'alteré de leur sang il cherche à le répandre !
CHOEUR.

Qu'il naisse &c.

Fin de la Tragédie.

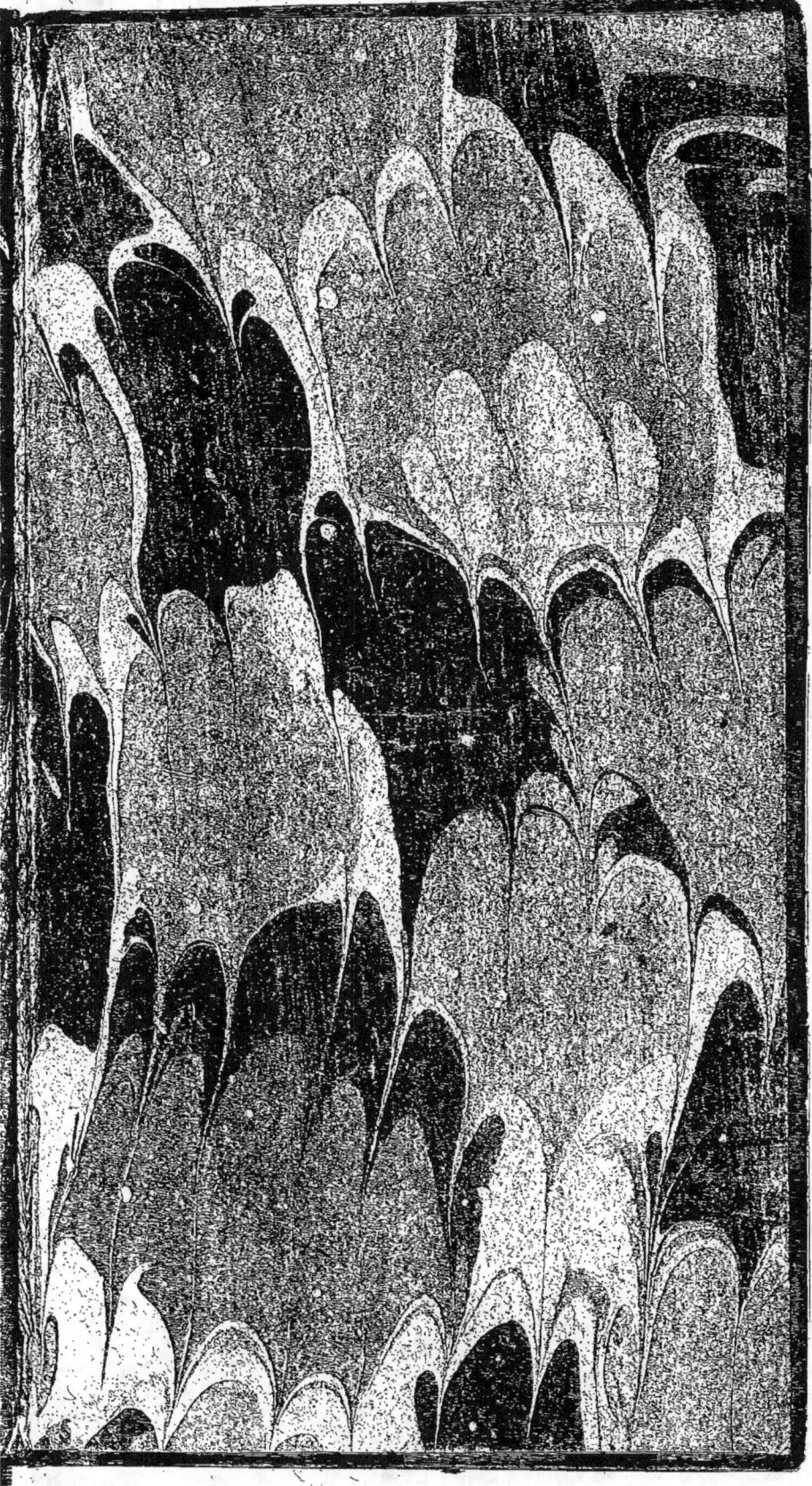

8

1 4

www.ingramcontent.com/pod-product-compliance
Lightning Source LLC
Chambersburg PA
CBHW060846180626
46818CB00004B/1617